# 多重露光

松尾真由美

思潮社

# 多重露光

松尾真由美

思潮社

目次

＊（おぼろげな日々の堆積、向こう岸で触れあう霧に揺らめく茎と蕾の過不足

写真＝森美千代、組版・装幀＝思潮社装幀室

# 多重露光

松尾真由美

＊
（おぼろげな日々の堆積、向こう岸で触れあう霧に揺らめく茎と蕾の過不足

# 重奏の夜の陰影

かさなりつつ
浮きあがる
それぞれの触感に
硬くやわらかく揮発する
艶やかな血痕が溶けるとき
奏でるものと奏でられるものの記憶
もろもろの危惧とともに混じりあって花火となる
流れだしていく位置をつかむことはできなくて
むしろ空気を耳で感じて
答えのでない問いを
覚束ない祈りを
暗部のように

もてあまし
ひとつの雲の景観の
音の機微のそのあたり
消えさって作られる
あるいは空洞を埋めていく旋律の巡りとして
秘めやかな離島の声は受け入れられるのだろうか
つねに検閲はきびしい霧で覆われて
なにもかも幻であればいいのだ
濡れて凍えて行きあぐねても
たどっていける蘂があり
一瞬の冬の炎暑
この熱を
飲みこむ夜

# 暗く明るい船出としての

そして
漕ぎだす舟の
いとわしい逡巡を
解きはなってみたくなる
宛て先のない封書のように
接近と弁別の混じりあった無音の祈り
やわらかな描線をえがき足頸をつかんでいて
動けないのに動いているかげろうのごときもの
けっして特異なことではなく
空間に食まれていく
なまあたたかく
おだやかな

この場
この素手
前進と後退を
くり返すしかないのだろう
みのりつつある果実をもぎとる所作を
いやすでに熟している実の紅さを
堪能するには幼すぎる
夜ごとの嬰児の瞑想に
どこか安らぐ
気流があり
もしくは
問いの疑い
もうそんなにも兆しは果たされ
書きつけるべきではない
ことばたちが
並んでいる

# いとなむことの修辞として

少しだけ
ゆるやかに
位置が定まり連なるもの
円いようで円くなくて
主語も述語も動いていて
もぎ取られたあとの痛々しいむくみ
胸にせまってくるのだった
ひとつひとつの
夜の方位に
ずれる呼気を感じていき
それらが集まり豊かになって
ひとときだけとても目映く

物語が作られる
どこかはびこる
枯れ色の茎の逍遙
たくましく変態して
甘い蜜で蝶をいざない
その猶予と歓待こそ
酷薄な中断でもあったのだ
きわからきわへと振りもどり
やわやわと逃れるように
硬い水路に流れていく
思惟のいくつか
こんなふうに
過去になり
へこみも歪みも平面に化すのだから
いまだけは黄の変容
火のごとく
熱く受けとる

# 片翼だけの湿度の行方

そのように
分かたれる表と裏
隔たりつづける
昼と夜の
片方だけの渦に溺れ
なまなましく短絡的な脈絡にそっていけば
幼さと拙さと気まぐれの茎がのび
かるい骨を曝している
かたかたと自覚なく
不安定に涼やかな足許の
影が見えない視線にとって
あそこはいつも安寧の場所となり

安らぎとはいえない安らぎ
堪能する素手がある
居心地の良い窓が
自ずとできあがっていて
錯誤の景色にまみれることの
明るい笑顔の素朴から
ひどく欠けた鉱石の
造形が痛々しい
花は花の香りを欲し
水は澄んだ水面を欲し
磁針は正しい方位を欲し
だからあまりに不穏な川の氾濫さえ
荘厳な潤いの雫をかたどり
残暑の日差し
葉脈を
照らしだす

# 曝されているものの輝きへ

透きとおって
透きとおらせて
内側を曝している
あの集積の硬度と軟度
すでに熱は去っていてこちらの熱を求めている
示されたものに応じていく目と耳がひろやかに深まるから
髄のほうがうずいていて
答えるすべはないかもしれない
余白があって
こまかな花びら
記述されれば宙に浮き
つかめない痕跡を

追うことの悦びに浸るとき
眩しすぎて見えないところで
茎の王冠が溶けている
いまだ上を向く
みどりの先と
底にあるのはひどく滑らかな素地
つねに窓辺で対坐して
外の気流に縺れていって
あなたの残像を絡めるから
そのようにして
おだやかに
放散的に
異郷に
組みする

# 夏の夢の行き先の

しるべのない
夏の熱度に
焦がれていって惑っていく
咲きすぎたむらさきの花びらたち
とてもゆるやかに剝がれはじめ
訣別があることの示唆
ずっと前から感じていた
外側からは見えはしない内側の
巣のなかの混沌さえ共有せず
掻きだす芥と
掻きだされる塵とで
いつも収拾はつかない

そんな不首尾に沈んでいって
ゆるゆると浸潤する異和の歪みの藻のざわめき
たくましい関節が鳴る音が響いていて
聞かないようにしていても聞いてしまう
身近であっても反照のないところ
抗ってしまうから萎びていく
葉脈の巡りにおいて
透明な舟を夢想し
作られていくのだった
穢れのないかががやきに充ちた
そうしたひとすじの意志
瓦解のないことを信じつつ
花が再生する白昼夢
そこから逃れればいい
行き先はわからない
だからこそ
自由があって

# 吸いこまれて抗って

そうして
消えかかる輪郭に
血の色の叫びがあって
つらなりの輪のあたりを
明るみに引き寄せようと
ざらついた手触りの器をさらにざらつかせ
ふさわしい傷口を深めていく実と蕾と仮の夢
近づきすぎて絡まりあって
親しくあっても
異質なもの
誤謬と誤読が
星を作り

それらをともに見つめることで
宙をさまよう熾火となる
じりじりと歪んでいく
燻りはやがて膨らみ
苦々しい丘のよう
当たり前に転がって
足裏に負う火傷
甘美ですらあるだろう
おぼろげな同化の
希求の霧を
惑った記憶と
あの滑走の
弦の響き

# 濃密な声のもとで

森のように
密集している
やわらかいものや尖ったもの
身体の裡にかかえこみ
せきららな波打ち際をいっそう強く求めている
ほそく小さなたくさんの茎の渇き
ばらばらと饒舌になっていき
夜の喉元がほどける
幼いときの
背反の苔
つつましく群生し
こどもの声が聞こえてきて
喚いているか謡っている

途切れがちな
あの音域
中空に漂って
つかめる人はつかめるのだろう
雛のままで老いることを誰もがやってのけていて
そうした水路を探っていき
潤いにたどりつきたい
戯画的に浄められる
中心の紅い塊
鮮血より
あたたかく
放散していく花片の先
惹きつけられるのはその先
地図があって地図はなくて
だからこそ白い骨
愛おしく
浮きあがる

# 密接であってなくて

祝宴をかたどる
そんなふうに思えてくる
緊密に密接につながれば円くなって
ささやかな囁きも聞き取ることができるようで
しどけなく耳を澄まして音域をたしかめる
聞くことは感じること
心音から連なる音を
求めれば
さまよいだす
胸の奥の羽根の過不足
穢れてしまった白い原器を
忘れるためのみどりの花びら

気まぐれに戻っていけば
こどもの脈が得られるだろうか
庭がとても広くなり
空がもっと天になって
めざましく走りまわる句点のない輪
当たり前の手探りで指はいつも動いていて
散乱やら凝縮やら
均衡を欠くからこそ
遊びは必ず正しくある
消えていく旋律を
ふさわしく
つかんでいき
交信の記録のごとく
あの残像
自らを
映している

# 淡くひろがる砂の熱

もう
形をとどめていない
あなたへとなだれこんだ
砂の声はひろがって
ひろがりすぎて
跡形もなくなって
夜気にまぎれる羽音だけ
網膜に残される
私の身体のかたむきを
放心と名づけても
およそ遊戯の癒着と脱皮
崩れた手記に

おぼろになぶられ
どこかとおくへ消えていく
あの花もこの花も摘まれてしまえば死んでしまい
再生のための根はなおさらに地下を生き
だから侵略も侵犯もやさしい交わり
冒すことのできない瓦礫である
風が吹き抜ける不明の場所の
さらさらとしたぬくもりのようなものの
つねに未踏の血のながれを
あなたに渡す情感ゆえ
およばない
語の衝動
曝すことになる

# 過剰性の悲喜の花びら

詰めこまれ
こぼれていく
さまざまな色合いの
花びらがたずさえる軋みや正しさまたは失踪
とどかないものをつなげていき
そうして生きた飛翔の形
求めていたのかもしれない
安易を怖れて
拡散される
端と端の全身性
ひとひらの羽根のように
浮きあがって漂って

きらめく器に
憧れてみてはいても
潔癖が円みを帯びれば釘にはなれず
ゆるくねじこめられていき
息ができなくなってくる
過剰な塩を吐くごとく
訴えることもなく
ひるがえって
離れる語
行程だけを曝しつづけ
巻貝の重みが脈をかたどり
上流と下流のあいだ
なお判読を
くり返す

# 残響がめぐる地の点

遠くから
声が聞こえ
あれはいつのことだったろう
季節の変わり目はめまぐるしくやってきて
黒も赤も色あせた杭となるつめたい風に
吹かれてみて耳を澄まし
驚くほど渇いている
景色の不用意
見知らぬ額
花は枯れ
その儚さだけ愛おしく
地は交わってはいないのだ

炭化の白い野にまみれ
掘りこんでいけば
指の先の汚辱となり
つたない響きに応答して空は重たく晴れあがる
塞いでしまえばいいのだろう
ひどく任意な
掌をかざし
せまい庭にて
生えた草を刈ってみても
さらに残る根があって
だからひたすら
手を洗い
没するらしい
不甲斐ない
影のあたりで

# あるいは儚い身振りの火

零れていく
夜の裳の果て
くり返しくり返し
反芻する火のようなものの
おもおもしくふさわしい
照応があったとして
過誤は過誤の
由来を語り
夢は夢の
浮遊をあらわし
通奏低音の儚い響きを怖れることの凍え
またはどこか懐かしい寝床のような

過敏な胴体はすでに溶けた縮図の
悲哀の人称をかくしている
ほのかにひかるあの声を
転倒の痕とは思えない
暗闇は青空の
裏に貼りつく
泉ともいえ
目をこらして溺れてみて
答えのない明日があり
有機と無機の対の橋
いつも途上で
あえかに壊れる
映っているのは私だけの指だから
奥まっていく脈であれば
すでに手中にはなく
あなたは
あなたではなく

## 差違のひとつの変奏の

しだいに
暗くなっていく
雪と雨の境目から
余地と余剰と逼迫の
入り混じった胞子が飛ぶ
微細でよわよわしい通路をかたどり
追い求めることへの鮮度にふたたび没して
自明なようで自明ではないほのかな旋律
侵入される茎となる
少しはのびているのだろうか
こちらとあちらの頸があり
笑顔と泣き顔両面の

ひどく無残な亀裂
偽物の手足でかがみ
ひとときの表皮の摩擦で
発熱するほこりのよう
落ち着くわけもなく
善意が組み替えられていき
記憶はつねに更新される
ゆるゆるとあなたの線が溶けていくころ
間違っていたのはふさわしくない順路の仮設
仮であっても無効にならない脅威があって
おそらくはありきたりな偏差に苦しみ
ただ停滞するだけの水
行間の火は消えて
破綻のほうが
むずかしい
いまだ起点を
探っている

# うごめくものの気配と景色

いつもそう
しきりにうごめく微細な炎の
行方の知れない幼い声が
漂うように散らばって
未知でもなく既知でもなく
この中庸を何と名づければいい
ひどくささやかな勤労の
擬装をほどこし
擬装をといて
ざわめきが微かに聞こえているかもしれない
見られたくないものまで見つけだされる触手へと
否応もなく答えていく縦列の

ことばは整えられてはいる
しかし狂いを高めていて
救われるようで
救われない
あつい挙動を
閉じこめてみただけの
一瞬があったのだ
透明な器はころがり
懐かしい色を帯びて
寒気の関係ないところ
置き捨てられる
浅瀬にいる

# 眩しくて危ういもの

ひかりが淡くつらぬいて
けれどもどこか硬い霧
こちらの湿度で
移りゆく
かずかずの反射の機微は鮮度をたもって麗しく
崩れない直線を描いているよう
ひたすらとか
ひたむきとかが
初々しさと通じていって
転写されるのは声の太さと
たくましい金属の
巻貝の朝

晴々しいほど
答えのない
待遇は良くはならない
そんな自虐だけが許される
過剰な襞が待っていて
それらの花を追い越すことの
途上の夢はつねに正しく
いかがわしい騒音も
吸いこむ分野の巣
はなやかな繁栄の兆しに没して
安らかでさえあるとして
なにかしら危うい
後景の闇に
怯える

# 水の面のひそかな脈

だから
水面は揺れていて
少しの波紋が消えゆく切り口
しめやかな旋律が微かに聞こえ
底のことばはたあいなく
溜められてとどこおり
泳ぎまわるだけの筋道
悔恨でもなく
焦慮でもなく
皮膚がふるえる
寒気と乾期
ふらふらと脱落した魚の

鰓の遊びに招かれて
水の傍らで
喉が渇き
倒立は猶予なく
あぶくをかたどり
適度な嘲笑があったとして
あくまでも転調はくり返され
影は去り
またしどけなく
影が来て
そうして影が
濁っていき

# 花の脱色、碑の明るみ

声が閉じこめられている
あくまでも錯覚する
脱色された
花々の
直線的な
つらなりから
たどっていく文字に寄りそい
透きとおった水の流れをささやかに想定しつつ
棘の部位からあらたな巣ははじまって
しめやかな毒の匂いが少しだけ漂うのだ
空欄があることで
頼りない自由を謳歌し

鍵のない部屋
書けるようにしか書けず
読みたいようにしか読めず
そんな往還がくり返され
豊かさも貧しさもそのときどきの揺籃だから
餓えだって
催眠的に充足し
ひかりがあたれば星のごとく
空の向こうに点在する夢
名づけられないほど
奥まっている
麗しい標本を希い
闇のなかでも傷は溶け
薄膜としての
守護の碑
月の下で重く触れあう

# 花びらの影の通路

横たわって
崩れていって
ゆるやかな銀の寝床が
波の呼吸に充ちてくるとき
指先からすり抜けるやわらかで堅い手触り
捉えたものが離れていくそうした悲恋の
足も手も同様の胎動を持っていて
散らばった花びらに
変貌する朝と夜
暑気が寒気に反転し
追いつけない水脈から
開き閉じられ漂流する軟体から

交信を求める声から
きららかなものが生まれ
祝杯をあげてもいい
訝かしい予感の色のどこか艶やかな定置
澱みのない顔の死体は肢体のごとく
いつまでもしなやかに
空中を泳いでいて
脱出できない
遊楽または
ふるえる花芯
同じところで漂いつつ
ずっとずっと眺めている
ひかりの粒の
あの行方

なやましい灯りの経路を

定まってはいないのだろう
地に灯される
ごく小さな
ひかりの
身振り
見つめるものと見つめられるものの混濁が
妖しくしずかに脚色され
思いこんでしまう
いつまでも在ること
やわらかな薄闇であるために
足許から文脈は乱れていて
入りこんで森に戸惑い

その価値はあるのか
それすらもわからない
だからこそ問いつづける清廉な頂には
患部でさえ眺望を開いていき
どこか白い硬さ
共鳴する指がある
つねに球根をにぎり
わずかに熱を感じていて
大空だとか鳥だとか
幻のように思えるから
ひるがえればこちらも幻
境目のない場所にて
あざやかな屹立も
ひどく深い
夢となる

# 境界が重なるところ

そうして
いくつもの境界が
室内を岸辺に変える
渇ききったものたちの疑い
統べられているようにあらかた整い
それは遺品の面持ちで粛々と手記の浮遊を秘めていき
微かにかさなる異種の吐息のひろやかな場において
待ちあぐねているいきいきとした韻律の
正午の日差しとさざ波のきらめきを
どこまでも望んでいき
ゆかしい春を受け入れれば
やはり過失となるだろう

裏側の影の諦念
森を信じて
冬の景色
みどりを見ずに
雪をながめ
消えゆくものの儚さを
思い知ることになる
とても奇妙に
交差する
まなざしの
先のゆらめき
了解するふりをして
またしても途上の脱落
恋しい
霧に
覆われる

＊（たとえば、危うい地の気息から微かなひかりを見いだすことの

# なおも秘めやかな蕾の漣

ここはうす闇の夢の中なのかもしれない。封じられた瞳の目覚めがやわらかに流れていって、そうして、少しずつ囁きを返しはじめ、いまはまだ途上の響き。半睡の深遠からほそく濃厚な香りの、波立つ憂愁の、あえかなくちづけを求める祈りにも似た声が聞こえる。ひそやかに頬を染め、夜ごと逡巡する想いのきわの、咲かれつつある幼児の素姓に、純真な小鳥の尾羽がひりひりと散っていって、叫びもなく呻きもなく、咲くことのための供犠として、拙いものたちが紅い花びらに溶けていく。ひとときの触感がいっときの時空として、涙がいくえにもかさなって、けれども、惑いは惑いのまま弱々しい微笑の円環を描きつづけ、春か夏、あなたの耳に触れる指には紅い爪のまぼろしの、亡霊の恋がやどる。黙視と生起よ。花頸と花頸をつなげるような霞の鎖が、灰色の葉のめぐりが、私たちを覆っていて、あなたも私もうす暗い獣の手のひら。やがて、月のひかりのもとで燃えあがる艶めきの花束となり、とても鋭い棘の火になる。

# 花頸からの目覚めのように

寄り添いあっているのだろうか。薄紅梅と錆牡丹の色と色とがもたれあい、おなじ種族をあかす形のいくつもの花片の先が、少しだけ萎れかかって、飾られた二つの花頸、同時刻に切られている。死があって死を思い、病があって病を思い、触れあったら伝搬する慌ただしい細菌の、この濃淡が物に移って、過誤も齟齬も咀嚼されずにはやばやと宙に浮き、病巣でくつろぐ、そんなことを強いられる。隠したまま渡さない、こうした決意があったとして、すでにひび割れた器だから、わかりやすく漏れてくる、乏しい音域の掠れ。引きずりこまれていたのだった。蘂に執して茎がたわんで、伸び悩む植物に日が当たらない夜はつづき、あなたの頸は途切れていて、あなたの声は忘れさられ、あなたの影さえ厭われて、隣の花も等しく裂かれ、放置の態で曝される。けれども、陽炎の涙の粒が微かにきらめき、取り囲んでくれるから、そこから鮮やかな火柱が生じてきて、血の色の赤が撒かれ、緋色、鴇色、灰蘇芳、臙脂、紅色、唐紅、茜色など種々の陰影が開かれて、みずみずしいまま枯れていく蕾に息を与えるように、華々しい色彩の愛撫の手、在ることの熱にたゆたう。

## きらめきの垂直性から

交わることで透きとおる、そんな花の直立からきらめきは育まれ、見渡せば、硝子の硬度と光度が晴れやかな谷を呼びいれ、塵や芥が弾けていく。このように、棘皮動物の抒情または吐息の抑揚が守られるとき、曝すべきものが曝されるひとときの安堵があって、その儚い安らぎに針のような花びらもやわらかさを増していき、ひかりのほうへと向かうことで拙い夢の主題が仄見えることも喜ばしく、つねに不用意な連想に身を任せるだけであっても、疑いは表明せずにひかりの温みを味わっている。かつ、温みを楽しんで、寛容を仕立てるために壊れかけた柵と果てない空洞をのぞみ、萎れた小さな実のかずかずを集めることで救われて、違和や齟齬や疲労などが、茫洋とした霞などが、窪地に埋められれば平坦な道ができるだろうと思っている。そして、ささやかなひかりを受けとめていくにつれ、濃い暗闇がさらに漆黒の艶を放って、無言であっても、応答の気配を発することの皮膚感覚が、隠された患部あるいは不穏な菌の繁殖をおぼろに表すから、取捨の在りようはたしかに混乱するのだった。いくつかの茎の絡まりが弱々しいつながりをあぶりだすのだった。ふと眺める素顔の発露にとおい尺度を感じていくのだった。裾野を拡げれば拡げるほど拾いものは多くなって、許すことの危うさがあり、許されることの危惧があり、ゆるゆるとした泥濘から抜けだせない、抜けださない、鷹揚さが目映いほど、訝かしい優しさとして、横なぐりの雨をかたどることになる。冷たく濡れる手指や足指、火照りのごとく不穏が覆って、だからこそ、光角の狭間にたたずむ生体の肌理をなぞり、きっと微風の内耳、擦れるあたりで慰められる。

# 隔絶され循環するもの

温度が分断されている。雪があって草があって、泉があって氷があり、届くようで届かない、聞こえるようで聞こえない、そんな日録を束ねる脈に入りこみ、噛みあわせる意味と意義とで、見えてくる鏡の反映。不足あるものの向こう側はつねに果てを抱えていて、微かな祈りが涙の雫をしたたらせ、あわく渦を巻き、まるい円周は少しく柔和さを醸しだす。あなたの花たちがひそやかな色をして、どちらにでも向く花頸が霞をふくらませ、そうして、花びらと花びらがより密接にかさなりあい、抑揚や音感でさやさやと囁きかけるという錯覚を呼び起こしてくれるのだ。優しい異音があったとして、表面なのか深奥か、不甲斐なく惑っていく疑りぶかい根は途切れつつ、身体の状態や気分の持ち方、そんな些細な結び目で息をつなぎ、うす闇からのひかりの屈折にまかせ、ない足許をかたい硝子の土台に替え、いっとき固定と揺籃の両方を手に入れる。透きとおることの無防備さは悔いにはならず、佇立の姿にあこがれて、関係を近づける厚みを思い、これらの貪婪さが等式をずらすのだ。やがて、ふいにこみあげる情景の一端から、あのときの内壁のうごめきが導きだすあからさまな保身の、退行の様態でのしどけない応答だけが残されて、身構えるすべのないこどもの火は消されていき、すがすがしい前方を夢見ても、あらたな息吹は生まれずに、誤読ばかりで目も耳も浮ついていて、花頸は揺れつづける。あなたの花たちは鏡の中で補足の景色に生きている。いきいきと倫理的な枝ほど折れやすく救いがなく、沼は沼、罪は罪、不穏な地平がさらに貧しくなっていき。

# 灯火の熱の養分

おそらく、霧が濃くて見えなくなる景色が望まれている。失ったものの残骸さえ気づかない、そんな養分を与えられ、外も内も慌ただしく、たくさんの小道や血路があったとして、窓をよけいに曇らせる、そうした情報にまみれることの不快の灰が心の臓に溜まっていく。暗雲がしどけなく留まることにいつからか慣れてしまい、いや、慣れてはいない秤の鋳がきしきしと叫びをあげ、苦い雨が降りつづき、あなたの背の不穏な荷物がさらに重たくなっていく。ひとつの単語も間違えてはいけないほど、あえて誤差をつくりだす病の手続きが冷たい風を呼んできて、肩先の不調すらも責め立てられる予感の中で、すずやかな熱を放ち、封じられた地を果てしなく開墾することとなり、生身であることを忘れるくらい、個の感傷を忘れるくらい、あなたは胎児をはぐくむ情愛のひたむきな灯火を抱えつつ、応答があってもなくても手堅く夢を開いていくしかなくて、どこか彼岸を見定めている。この悩ましく晴れやかな場の真横で、くらい爬虫類の気質が寄りあい、毒が吐きだされるほど平板になってしまう円周率の夜はながく、あなたの流した涙はいまもまだ宙を漂い、帰着できない遠い道のりができてしまっているのだった。不注意と無関心とその他の反映から、乾かない水たまりが濁りすぎて虫もわいて、気味の悪い地下を想像させていき、宙に浮いた涙の粒が中空で集まれば扼殺をまぬがれる、そうした希望も生まれてきて、より集合する涙の多様で紙が破れ、ひとすじのひかりがさすのだ。それは涙に反照され、それぞれの発芽はおおよそ赦され、そして全体が明るくなって、紅い血も白い花も色を取りもどす光度に充ちていけばいい。なにかを壊すためには重量のある悲哀が必要だったとして、きびしい夢の見取図だから、霧散するかもしれないことの怖れが隠され、ささやかな支流ゆえに崖の寝床がしつらえられ、ひととき眠る。ひかりを握って。小枝はしなり、否応なく、いずれは審判がくだる。

# 身近な危機とその渦中と

そうして、季節の変わり目が壊されていくのだった。鷹揚な足取りや気まぐれな足元が許されない危ういところ、さわやかな春の日差しを望んでいても冷たい雪が降ってきて、芽吹きの枝を覆っていく。つぶ雪、わた雪、ざらめ雪、冴えざえとやりきれなく時間が混濁していって、多様な雪が集っている。咲いた花は白くかたまり、それでも地下では息づいて、こんなはずではなかったのに外がうす闇の沈黙を強いてくる。夜でもなく昼でもない中空の不甲斐なさの、希薄な言葉が飛びかって、動かないことを要請され、あなたの窓枠がきしきしと軋んでいて、あなたの扉は開けられず、あなたの営みは届けられず、あなたが指さす景色のほう、消されるひかりがなおひかる。蠟燭の炎の吐息で、それは微かに明るいひとすじの望みとなり、渦の中でも眩くあり、探らなければ羽ばたけない鳥だから、霞の口上が厭わしい。行き止まりを引き延ばす停滞をつづけていて、ただ薄氷に錆びた釘を打っていて、割れていっているのだろう。地の怒りをかっている。ごまかしやまやかしが広く浸潤するこの地帯の荒廃はすでにあり、海の生物は惨殺され、氷原にころがる影も狙われて、凍死者も安らげない不穏な寒さ。わななきに振りかえり、肯定から否定へと地理の誤差を正していく。雛は雛の傷を負って、卵の種類を確かめて、地軸はつねにぶれている。素描は素描の態をなさずに、瞬間の悲喜劇だけを表して、命題をこなせはせず、目覚めのたぐいの昏睡ゆえに、肺の脆弱がつつましく危機を呼び、孤独な隔離がはじまるのかもしれない。修正のきかない読解の舟の帆柱、見せかけの気密性が干渉するのかもしれない。すこやかな往還は行われず、あきらめの奥底で艶やかな腐肉に惹かれることがあったとして、明日も囲いに憩っていて、辺境にいることに安堵する、そんな潜水はただ流されるだけだろう。ふたつの手の無力さで、大きすぎて抗えないあの傾斜に邪悪なものも足されていって、出口のない迷宮はさらにふくらみ、訝しい気勢のめぐり、虚無の濃霧に没していく。

# 霧に没する舟の憐れ

舟がひどく揺らいでいる。雪解けも終わっていて、暖かくゆるやかな風に巻かれて種子が飛ぶ、そんな兆しの春だとして、告げられたことの酷薄、傷が内臓に降りてくる。求心的になってはいけない。見つめないで、感じないで、考えない、なやましい濃霧に馴染み、投身さえ許されない、隠蔽された鳥の羽が死んだごとくに掠れていく。無彩となって色づけされ、そこから砂丘の色を取りだし、果てを彷徨うあなたの姿を思い返してみたりして、差しだされる虫の卑小さ、ともに食しているのだった。つたなく舟の縁をつかみ、接しなければ守られるといまでは誰もがそう呟いて、不快なほど危うい足場がより激しくふくらんで、しどけない川がさらにあてなく、悲劇の予感の行方をあてがう。わかっていることもわかっていないというふりをして、逆らえない流儀に合わせ水藻が微かにうごめくから、手口の邪悪がふさわしくあぶりだされ、透明な水の蒸散、川はその深みを失い、無情な深淵が中点で曝される。もともとの陥没だった。奴隷船、海賊船、貨物船、木材船、ばら積み船、旅客船、巡視船、つねにこうしたものに乗り、鎖を解かれたつもりになって、すこやかに伸びる茎を息苦しくさせていて、お互いを排斥しあえば、楽になる、脱落する、斜めの筆跡をなぞっても無意味な月の面影をかたどるだけで、澱みの角度がいっそう鋭く皮膚を刺し、中断から断絶への怪しい回路をどうにかはぐくみ、不穏なままに夜をつづけて、あなたの渇きは癒されず、あなたの餓えは責めたてられ、逃げることもかなわずに、見えない檻の閉塞が噛むふくらはぎに浮腫は満ちる。歩けなくなっているのだ、あなたも私も水晶も。不純物を厭っていて、免疫力を試されて、清浄な氷の硬さでこごまることを善しとして、邪気や災いを緩慢に避けていけば、執行猶予中の罪人が演じるおだやかな微笑みに温もることができるだろう。素手でもなく、裸足でもなく、自在な域は遠ざけられ、通達は当てにならず、球根が化石となり岩石だって風化して、なにもなければ浄化される空と地と崖がまばゆく、忘れさられた柩はいまだ炎のもとにて残される。

# 質感のあらい夜

i

いつも隔てられている。もしくは放たれることを望んでいる指先にもたれつつ、ひからない鏡にうつる乾いた草たちの思いの丈を抉っていく所作のための前奏曲に歌わずに入っていく、そうした真夜中の外気への遮断。たとえ雨音が響いていても聴こえない場所にいて、微かに浮かぶ慎ましい影の尾鰭の、訴えのあるものの溜め息を探ろうと、あてどない生物と生物の対峙は苦く、静謐なこの位置で果てしない森を求める。枝はもう香ったりせず、握りしめれば崩れてしまう、そんな危うさの共存と脈絡と周遊を華々しくあわせ持ちたい。骨のように硬い茎、足許で金の重石が旅の証のごとく輝きはじめて。

ii

旅はつねに危険をともない、握りしめれば崩れてしまうそんな危うい乾いた花びら、束にして窓にして、あなたの耳に触れたくて、それぞれの境目が軋みすぎて異音がこすれる。たおやかな旋律を望んでいても、幻聴のごとく優しさは消えていって、なぜかしら不穏な壁に接しているときがあり、ゆるゆるとした紐を張ればこんなことになってしまう。弦が切れた辺境の事故のように、あわく頭部を覆う偏差の機微は膨らんで、鳥の羽はしどけない霞の胞子に悩まされ、楽器は根深く、阻まれたのか、損なったのか、行き止まりか、そうではないのか、どうしても決着のつかない音の綾に絡まれている。

iii

阻まれたのか、損なったのか、行き止まりか、崩れかけた橋が透けて雲のほてりを教えていて、乳白色の灰青の、そこだけ熱く触れた部位から、吃水線もしだいに溶ける。過去はなくなり、記憶の改竄、確固たる静物の地下茎に焦がれていて、豊かなみどりの、あの森の息の風土が整然とした追求の腕また触手により、ひとすじの緻密な火柱を作りだし、あえて燃やす熾の紅。浸潤してくれればいいと思う。ひそやかな憧憬を忘れたくないと思う。甘くはない果実の芳香を嗅ぎとっていたいと思う。真夜中の午餐をともにする夢をいつまでも望むから、透明な硝子のように変形する文字があり、小さな釣鐘の音は鳴らず呼び笛もなくしていて、およそ虚空をつかんで遅延のときを遊んでいる。

iv

微かな風を感じていって、うすく明かりを灯していって、あちら側からこちら側へとあなたの欠けらの血痕が、急にひろがる心拍の、錆莉茶色の紋様にて、肉感的に宙で脈打つ。異空の鼓動のその大らかさが乾いた襞を包んでいって、軟度も硬度も混じりあい、経てきたことが変容するのだ。誤字を残して周遊する鳥の頭部がこうした遅滞に甘えるほどに、書き換えられる秤と臍の緒、沼や淵も色を違えて、瞬間だけの地誌の中で、冬の手前の樹皮のつめたさ、そんなものを想像している。与えられた水と与える水の容量の気まぐれな不均衡がどちらの渇きも招いていて、浸透するはずの芽は伸びてはいないのかもしれない。夜目の迎角、発芽さえ曖昧な季節である。

v

とても静かな部屋であってもさざ波は起こっていて、近すぎて凍えていく胎児の叫びがおのずと譜を称揚し、帰りたいのか行きたいのか、そうした願いの混沌が神経叢の熾火をかたどる。ほどよい熱度で胚胎の殻をやぶり、ゆらゆらと眠りすぎている音の揺籃そのままに、なめらかな手触りの木製の楽器の肢体は、それを隠して休憩している。主旋律が澱むところでほぼ年月は流れずに、音符の発露の月の鼓動に惑っていって探っていない、求めていっても突きあたる、こうした国境の崖がある。地誌を踏みかためるために鏡を砕き、割りあてた奏者を彩色し、細分し、散乱させるだけのつまずきの小石だけを集めていて、ごく貧しい悔悟の位置にて奏でるものもなく。

vi

小石を集めて小石がぶつかり、小石につまずき小石を拾って、ひどく狭い耳殻のきわで小石がかたまりあっていて、それは親密なものたちの霧の庭、かたくなに摩滅を起こし、こまごまとした記憶は遠ざかってしまっている。だから、やわらかな曲線を描く身体に添うような、優しい声を思いだすような、見たことと聞いたことの中からひかりを見いだすような、そんな想いの白い花はかさかさに乾いていて、乾いていながら成長している。花の内包は母胎がいつまでも母胎であることの脅威を気づかせ、主音やら濁音やら聴音やら、反響と反射がひとつの生体をどこまでも変容させ、ひとつの韻も変わりゆき、律動が晴れやかにうごめくほど、鳥が大きく羽ばたいて。

vii

羽ばたくことの擦り傷で、さまざまな異和の質をおなじ場所に納めていけば、悪も善も纏まりすぎておなじ粒子の細部となる。やわらかな線だから、いびつな響きに植物も鉱物も吸いあげられ、すべては午前に生まれた胸骨の一部、力の入りすぎた手のひらで胸を押さえこめば骨は簡単に折れる。間欠的に遠いあなたの腕を請い、体温の感じないところでその皮膜をなぞってみて、錆を剝がして血の色をたしかめる。赤くもなく黒くもなく、透明な脈動だけを表すから、鏡のように追補と追放、どちらも装い、湿度があっても乾いている草の束の白い月、そこにあって天にあり、覚束ない音階をさらに外して、あがっていくことはできない雫のしたたり、おそらく消えて。

viii

いつもそう、覚束なくあてどなく果てしなく微力な鏡の、くもりをぬぐう希望の嘴、こんな儚い企図をたずさえ、寝苦しい真夜中の気まぐれな火花の方位が、ふらふらと他愛なく遺品の奥に手をのばし、遺失物さえ蹴りあげて、ときおり景色は廃屋の機微を呈する。なにもかもないようでなにもかもあるような、途切れていて途切れていない、ここにある握力にあなたの耳目が加わって、真鍮色の草は燃えたあとの残骸の群れ、妙に懐かしい感触だけが浮きあがる。浮きあがればさらっていく盗掘者の所作しかできずに、書物も布もすべらかな通過として、硝子の器も金の器もきらめく果実の重みとして、正しく構図は捏造され、反転する日と月ゆえ夜と朝がめぐりくる。

# ひかりのもとで途絶えることを

i

塗りこめられてしまっているのかもしれない。応答のないことを当たり前のように望んでいる空気にのまれ、灰の地のうえ、横たわる。寡黙であっても寡黙でなくても、訝かしい平穏さにひりひりと肌は灼かれて、夢が空から下降しつづけ、身動きのとれない輪の花たちがあったとして、密度を高めるひそやかなものの声はどこにも響かず、浸潤する根に願いを寄せてみたりする。錆を錆ではないごとくに切れない鋏を扱うことを強要される、そんな反転の様相が充ちていて、先のほうから萎れてしまう花片の疼きに、彼女の正しい疲弊があって、ひかりを見つめて瞳を閉じる。こういうことがあってもいい。さまざまな角度の綾にまみれていけば、息苦しくなるだけの猥雑が透けていて、だから一筋のひかりに分かたれたい花があって。

ii

ひかりによって剝がれていく花頸たちは曖昧な小石のように、壁からぬけだすざわめきの羽根となって、しどけなく行き場のない熱をこじらせつつ、そして、ぬかるみを見つめすぎて、ぬかるみに没するのだ。暗礁の場は開かれ、頭上にあるだろう采配の機微におもねる枝の動きに失望し、要所要所でそんな出来事に遭遇する。枝には瘤がいくつもできて、あちらこちらを向いている。尊ばれない行為の湿度に瘤のしめりはひろがり、枝より大きくなっていき、枝もまた苦々しく笑っていて、ゆらゆらとなお日差しを求めて南を探る。ひかりが感じられない住処であっても湿度は微かに涙のひかりを保ち、網を喰らったのは誰か。網をめぐらし獲物を捕まえたのは誰か。網などなかったものとして、知らないふりで逃れればよかったのか。

iii

気づいてしまえばもとには戻れず、逃れることはできない巣の病巣が胎動し、醒める距離を望んでいても、主旋律は濁っている。慎ましい反乱よりももっと解かれない風景に落ちこんで、彼女の対話の相手は空想の人となり、彼女も虚構の一部となる。だから、疲れている花びらがしだいに色を失うほどに、彼女は彩色されていき、さまざまな色が貼りつけられ、華やかさに通じていって、彼女はほほえみながら踊るしかないのだろう。旋律は狂っている。夏は異常に暑くなって、汗も涙も体液で括られて、瘤のしめりはひろがりすぎて、見えないくらいに薄まってしまっている。このように磁場がなくなることを幸福と呼んでみて、踊る踊る、らら踊る。踊って踊って、謎めいて、そうした亀裂は受けいれて、涙の粒さえ踊りだす。

iv

ひかりがあたるのは溢れだすもののほうだった。彼女よりもたくさんの涙の粒が好まれているのだった。掻きだしていけば底のない雲のようなものの凝集を、ひとつぶひとつぶ丹念に取りだして、手のひらで練っていっては放っていく。それにひかりがあたっていけば、ひかりの粒となっていって、踊る踊る、らら踊る。ころがるように踊っていく。とても小さな嘆きと悦び。ららららら歌い、ららららら叫ぶ。

騒々しいものほど浮薄であるように思われるから、さらにららららら嘆いている。どこに行くのかはわからない、ららら導かれるものがあったとして、それがひかりであるならいいのだ。手応えのない明日と正体の知れない昨日と、枯れゆく花との交わりのもとで慰めを求める指。感動をほしがる眼差しが対のようにめぐっている。

v

こうして、ひかりの粒に埋もれていく一輪の花の渇きは、すこやかな葉のみどりを身にまとう優雅さを思っていて、芳醇な香りが失われていくことを思っていて、すでに叶わないことであるにしても、進まなければならない眺望をあらたな起点にしようとし、遊星の儚さに匿われている気がしている。けれども、連帯などないに等しく、溢れだしたものさえ遠ざかっていく木霊のごとく、消耗される脈の起伏で、善意も悪意も絡まりあい、無雑作に曝している蘂のあたりがぶれるのだ。手をふって人を招いているような、頸をふって人を拒んでいるような、そうした表象の花びらだから、妖しく怪しく、過たれることもあり、自らの過ちもふさわしく養って、組成の端が溶けているから、音だって繰りだせる。みららら、この空隙は小庭。

vi

とても小ぶりな庭であっても真夏の日差しは降りそそぎ、花も茎もひかりの粒も目映さの中に没し、ひるがえって、すべてを明るく照らしだす。放射状に白く浮き上がっていく地熱のかたまり、やわらかく感じさせる寝床のおもむきの、ここでは音がやけに響く。らみみみみみみみ、放たれて。らみみみみみみみ、らみふぁみらみそみ、らみみみみみみ、られみふぁそらしど、紛れていく図像の罅へと、しらどしらみふぁれ、短音だけで踊っていて、韻の理屈は卵に隠され、いや、努めてそれは見せないように、踊る踊る。らら踊る。蝶があえなく倒れることの、蜂がすばやく逃げ去ることの、そうした身振りに惹かれていって、みずみずしい沈黙に接吻を送ってみても、あれは瞬間を生きるものの悲喜。きっと虹に向かって空に溶けゆく。

vii

虹の七色はすぐに消え、茫漠とつかみとれないものだけが残されていくようだった。気まぐれで鷹揚だから、個の意味をなさないで、個個の点では否定され、個々の細部は異議の対象となっていき、特定できる扉を持てずに、中空の視座として、みらしどれみふぁみ、あがっていくのだ。鏡はふたつの花をつくり、おそらくみっつめの花は蕾のままに映しだされ、れらしみふぁれみど、咲かないうちに項垂れていく頸である。充ちていて欠けている、そんなふうに思われるのは、統べていく部位の傷が皮膜の面だけをなぞり、あさはかに裏返して、塩の辛さに閉口し、他のところで喉を潤し始めるからで、どこか不案内な争いごとをかたどっていく。らみみみみみみ、泉を遠ざけ、れふぁしれどしら、穏やかに引き返すすべもあるのに。

viii

引き返すこともなく留まることも定めずに、ただ漂っている小舟として、かじかんで縮こまれば闇に落ちつく航路である。見えないものは見えないのだから、感じないものは感じないのだから、痛くないものは痛くないのだから、よりすっきりと線はひかれて、波の氾濫はおさめられ、涙の粒も雨粒に流される。記憶など当てにならず、花はいくどとなく終焉を迎えていて、蜜の味の発露のたびに持ちだされる希望の切っ先、絶えまなく揺さぶられる。蘇らせる影を背負って、花が開けば影も開いて、花の奥は影の奥、花にあわせて影もうごめき、そうして、ゆらゆらと一とおりのめぐりを終えれば、みどりの茎は黄色く朽ち、薄紅色の花びらもおそらく汚辱の色にしなだれ、疲労の指が追従し、およそ未完のままに隊列の機微は滅びる。

＊

（氷の下のせせらぎに耳を澄まし花火の跛行を求めていて

# もしくは中心を見据えることの

i

消え入りそうで
忘れられない
そんな墓碑のささやかなさやめきに
耳を澄ませば反転する
厳然とあったもの
脆弱なのは
こちらのほう
うすい影の
揺らぎにまみれ
必死にすがりついていて
こだわることでいっそう白く

角のない円環
きっと許す
誘いこむ

ii

こんなふうに
浮きあがる
姿の茎であってほしい
海やぬかるみその他のもの
ひろやかなところからとても微かな雫がしたたり
触れているのか泳いでいるのか溺れている
枠から外れて惑う息から
ありふれた指の動き
どこにいるのか
わからない
開け放たれすぎた扉は夢なのに
少しだけ渇きを感じて

追っている背
ひたすらに
かさなれば
ほら
前面の脈となる

iii

氷の感触
そのかがやきへと
硬質の奥の植物
しなだれかかって疲弊している
数えきれないほどの圏域をひとつにまとめることの暴力があり
おそらくしどけない摩擦はそんなところからはじまって
人は感じ取れることしか感じ取れない
不用意な霞に溺れる
小さな亀裂がうねりとなり
傷ではなく目映い火

積みあげたものの形が
闇のなかから
浮きあがる

iv

不透明で
透明な
白の斜面を眺めていて
触れることのできない崩れの形が少しだけ
つくろえない霧のしどけない蕩尽を
傷のように曝している
葉のない枝の黒い線
のびないままに定着し
あそこはいまだ寒いところ
疑いよりもつめたい風に
耳は応じて
自問だろうか

反問なのか
愛おしい
障害物
いつまでもかかえている

v

たとえば
休眠の木々があり
灰色の空のもと
立ちながら横たわる静穏を楽しんで
時間を止める根の機微にて
渇きをにごす
希薄な黒
いくつかの口実を並べたて
いくつかの芽を摘んで
居心地のいい冬の
停滞によどんでいる

脱することのできない雪の重さに
有機も無機も沈んでいて
あれは待機ではなかった
ただ寒さが
現象していて

vi

向きあう
鳥のまなざしを
火口湖に閉じこめて
影になるところと日の当たるところ
親しげで猶予のないふたつの円から
動けない風
夢想も仮想も
ないことに等しく
割れていく皿である
そんないっときの花びらを散らしていて

少しだけ落ちつく叫びに
金の枠があったとして
俯瞰のような
頸のような
消滅しか
ないような

vii

交差する
彼岸のように
影と影が連なって
どこからどこまで読みこまれるのか
水の囁きが聞こえはじめ
遠浅の湿度を求めはじめ
景観がのびゆく先の
棘はいつでも
引き抜かれ

灰色の
謎の扉
おそらくは
間接的に反響し

viii

おだやかに
混濁している
盛られたことばの
やわらかさと頑なさに
演じることを演じきれない
そんなつたない繰りだし方から
ごく小さな羽根のうごめき
感じとることもできる
白い器の血の出るところ
ほそい茎の絡まりあいさえ
掌に置くように眺めていき

透明な槌
裁断し
判定し
受けとめるほど
中点の涙をうつす

# さやめきの赤と白

i

うなだれつつ
屹立する
あわい白の網膜に
絡めとられる吐息の屈曲
外皮を剝がせば堕ちるだけの不充足な足跡だから
いぶかしい堆肥または湿った積み荷の重み
鋳型のように背骨をつくり
滞っている
沈むこともなく
暗澹と無知と澱み
逆らえないようなのだ

大きなものに
飲まれていて

ii

手触りの
あらい幹より
伸びる小枝は荒唐な熱を帯びて
どこかの誰かに刺さっている
終わりのこない描線の
あれは軽々しい暖気
遍歴を重ねていき
鳥のようには
飛べなくて
ほら
空洞から
風が吹く

iii

離れている
ふたつの物事
どうにかつなげる寒空の
そのいびつが弱みとなって
盲目の明日の仕草を小さな花が祝っている
影のごまかし
声の機微の
白は白を失いつつ
鉱石のようにかたまり漂い
茎だけが鮮明になったとして
救いはないかもしれない
種子の叫びが
あまりに
あわく

iv

とてもやわらかな寝床のさざ波に囲まれて
連れ去られる子どもの夢の輪のあたり
こまやかな繊維の絡まりが
身体の奥に浸みこんで
どこか
変容されている
思いつかない切り口の
肖像を見せられて
白と黒の反転と
影とひかりの反転が
くっきりと刻みこまれ
霞の場の不安
押しかぶさる
濡れた
手がある

v

ちぎれた
尾羽
寄るべない気流にのって
かたい意志だと思っていたもの
あるときはゆるくたなびき
そんな口惜しい磁場の
無頓着な素手だから
やはり問題は起こっていて
むらさきがかった底の波が艶やかにさらっていく蕾と花と茎
遊泳のように偽装してしまうのかもしれない
境目を消そうとして
ずれていく
花被の
鋭角

vi

夢魔がひそんで
氷らせる
その貧血を
楽しむように
ながい台詞が話者を試して
危なげなものに装飾をほどこせばほどこすほど
秘めやかになお色彩が凍えていき
そうでないことをそうであるように
言いかえて言いなおし言いそえて
けれど本質は変わらない
めぐる気流のまやかしの目
たゆたっていたとして
逆らって反っていく
正しい呼吸の
花の位置

vii

孕まれている
取捨の砂
養い口を選んでいて
隙間の多い囲いが覆い
粗雑な脈のそらぞらしい繰り言を
拡張された損ないの欺き方を
排していっても血はながれ
闇の中で赤くひかる
開くことは閉じること
そのような息吹をたずさえ
どこかにある白い器の
おだやかな体温
翼の
付け根を
なぞっている

viii

影の中にいることの
落ち着きにひかりがそって
さざ波のかすかな音を身に引きよせて息をする
遠いものも近いものも混濁し交流し
岸辺が天上にあるとして
小さな白い花
集合し
あわい花火
なにも訴えずに打ち上げられる
置かれるだけの言葉のきわ
ぬるく接して注釈され
おそらく儚く散るからこそ
濃霧の
脈動
もつれゆく

# 滞ることの不快など

i

溺れている
そんな不明な植物から
なまなましい生気のようなもの
沈潜して浮きあがり
混ざらないことの可視を
あらわにする湿度があって
あの根とこの根と
あちらの根
群れて離れて
関節が遊ぶとき
冷たさも温かさも中空の明日

とうに侵略されていて

ii

ざわめきの
日々があって
曲線の想いに絡まり
浸される
固有の水分
涙と汗ともろもろの
領域はつねにひろやかな渦をえがき
接点が見えなくなる
かさなりあって
中断され
充ちていく皮膜につかえ
それはやわらかな生気を放ち
青が基底なのだ
転調がつづくほど

溶けるよう
この
地平は

iii

いま
私は閉じこめられる
朝から夜への
あのひかり
熱が氷って
形を残し
浸潤する芽のような
あなたから奏でられる旋律を身にまとい
漂いつづける水の底の心地良い密度に絡まり
五感を放って五感にとらわれ
溺れることを空にのぞんで
組成の変わる花頸だから

浄化される
頂にいる

iv

皮膜のように
霞んでいる
うねりや流れやたゆたいなど
葉のいちまいのしめやかな長さに交わり
忘れることが前提の湿度の違いが大らかな豊饒を支えていて
闇のなかで開かれている場はどこまでも自由であって
仮設も仮説も架設も悲喜劇
むずかしい養分をつなげている
あんなにも紅く花はあり
その濃さの信憑から
きわやかに
ひとすじの視線
透きとおって

赦されて

v

濃密な
光沢すら
流れゆく風であって
留まらないものの行方を
窓の角度が
指し示す
雪と空
または雲に
夜明けのような虚構の陰影
あざやかに浮きあがり
どこかしら
倒立している
あの位置
そして

この窪み
見定めてはいないけれど

vi

一点の朱の機微を
開いていって
放射する
旋律から旋律へ
楽曲はとおい稜線に向かいながら
なめらかな波立ちを形づくって
強く弱く高く低く
後ろのことばが
前にくる
歌のような滲みには
みどりも白も赤も茶も
空のように夜にたくされ
したたかにしめやかに

ただ生物の拡張
どこまでも
触手はのびる

vii

距離があって
距離がなく
向きあえばひかりが現れ
私の姿が映りだす
この接触はあくまで個人的なものであり
ひどく茫洋とした狭隘さが覆っていて
けれどもつややかな皮膜の内側
あのなかに入りこんでみたいのだ
呼びとめられているような
宥められているような
木霊がたしかに響いていて
あるがままとはいえないだろう

影が妙にやわらかく
交わる祈りに
そっていく

viii

どこか疲れて
乾いた
文字
熱い時間があったとして
それは遠い過去のこと
からからとからまわる揺り籠の
いたずらな音階にのっていけば
遊びにはならない
後退の
ほぼ悲惨
置かれていればいい
動きたくはないのだから

黙殺をよそおって
安住という名の
腐爛と腐蝕
おおよそ
広まっている

多重露光《たじゅうろこう》

著者
松尾真由美《まつおまゆみ》
発行者
小田久郎
発行所
株式会社 思潮社
〒一六二-〇八四二　東京都新宿区市谷砂土原町三-十五
電話 〇三（五八〇五）七五〇一（営業）
〇三（三二六七）八一四一（編集）
印刷・製本
創栄図書印刷株式会社
発行日
二〇二〇年九月三十日